AF252666

ENTENDONS BIEN

NOS INTÉRÊTS.

Prix : 30 Centimes.

PARIS,

Chez GORRÉARD, libraire, Palais-Royal, gal. de bois,

18 avril 1820.

ENTENDONS BIEN

NOS INTÉRÊTS.

I.

De l'alliance naturelle du ministère et des aristocrates.

Il est encore d'honnêtes gens (je ne veux pas parler des abonnés du *Conservateur* et du *Drapeau blanc*) qui se récrient contre l'alliance subite, en apparence, du ministère et des aristocrates, et cela surtout depuis la promulgation des *lois Pasquier*.

Il semblerait, à l'air d'étonnement de ces honnêtes gens, que cette alliance a quelque chose de monstrueux, et qu'elle est née d'hier.

Pour moi, je la trouve fort naturelle, et je suis loin de la regarder comme récemment effectuée.

Il est vrai de dire que cette alliance ne s'est déclarée que depuis quelques semaines, et que, depuis la même époque, le ministère et les aristocrates, qui, jusqu'alors, n'avaient paru se tenir que par le bout des doigts, se sont décidément pris et serré la main. Mais pour peu que l'on réfléchisse sur ce que les ministres appellent l'*intérêt de l'état;* et que les aristocrates nomment leurs *droits,* il sera démontré pour tout le monde, que l'alliance du ministère et des aristocrates est une chose toute simple, et qu'elle ne pouvait pas ne pas avoir lieu.

Que veulent d'ordinaire les ministres ?

. Trois choses ; 1°. du *pouvoir* ; 2°. du *pouvoir* ; 3°. du *pouvoir* ; parce qu'avec du pouvoir on fait ce qu'on veut, ou à peu près : or, quand les ministres font ce qu'ils veulent, ils commencent par s'assurer du portefeuille, arrangent leur fortune, puis celle de leurs parens et amis, puis celle de leurs maîtresses ; puis ils paient des flatteurs, se font académiciens, protègent les uns, persécutent les autres ; que sais-je, enfin, que ne font-ils pas avec du pouvoir ?

Voilà ce que donne le pouvoir aux ministres qui savent s'en procurer : or, je le demande, les aristocrates désirent-ils autre chose sous le nom de priviléges ?

Comme on le voit, les ministres et les aristocrates ont de tout temps voulu la même chose ; et, pour arriver au même but, ils avaient à renverser les mêmes obstacles ; c'est-à-dire, que les uns, pour obtenir du pouvoir, et les autres des priviléges devaient combattre les libertés populaires.

Or, rien n'est plus clairvoyant et plus persuasif que l'intérêt particulier, et l'on ne peut raisonnablement croire qu'il n'ait pas démontré de tout temps aux ennemis nés des libertés publiques, la nécessité de faire cause commune contre ces libertés.

L'alliance du ministère et de l'aristocratie a donc dû être de tout temps une chose toute naturelle et facile à prévoir.

Pour savoir si cette alliance naturelle selon moi, a

précédé la présentation des lois *Pasquier*, il suffit d'ouvrir les almanachs royaux des années antérieures.

J'établirai, papier sur table, que les deux tiers des places sont occupées par des aristocrates ; j'entends les places qui en valent la peine; pour les autres, la valetaille Vendéenne, les *communs* des phalanges de Condé, les hobereaux des trois ou quatre derniers rangs , en ont fait leur patrimoine. Maîtres et valets, l'aristocratie s'est jetée a corps perdu sur les emplois : deux épurations successives et en masse leur ont fait place nette, et ces épurations sont, comme on sait, l'œuvre des ministres.

Mais, me dira-t-on peut-être, l'alliance des aristocrates et du ministère ne paraissait pas exister au moment où les lois du recrutement et celle des élections ont été rendues, au moment surtout de la fameuse ordonnance du 5 septembre.

J'en conviens; mais que l'on ne prenne pas une désunion accidentelle, causée par une rivalité nécessaire, pour une guerre sérieuse et permanente. Ce fut pendant cette bouderie passagèrequeM. Decazes s'entendit par le télégraphe avec le général Donnadieu ; que M. Canuel découvrit, dénonça et réprima si glorieusement, sous la direction de M. Decazes, la conspiration de Lyon; que des dépôts d'armes furent établis sur divers points des départemens de l'Ouest et du Midi; que les compagnies secrètes furent organisées, que M le duc de Feltre excéda son budget de 36 millions; que se répandirent ces correspondances monarchiques sorties de presses lithographiques établies ailleurs que chez un imprimeur patenté; que M. Decazes démentit à la tribune de la chambre des pairs, le vénérable Lanjuinais qui s'avisa de parler d'armemens clandestins faits en Bretagne, armemens dont l'existence a été prouvée depuis par des jugemens publics.

Ces considérations suffisent ce me ser *le, pour dé-
montrer que, de tout temps, les ministres ont fait cause
commune avec les aristocrates et que ce n'est pas seule-
ment à l'occasion des lois *Pasquier* qu'ils se sont donné
la main.

Que MM. Dessoles, Gouvion S'. Cyr et Louis ne pren-
nent pas en mauvaise part la démonstration de cette vé-
rité; leur retraite des affaires, au moment où l'alliance des
amis du pouvoir et des amis des privilèges devait se res-
serrer plus étroitement et paraître au grand jour, est un
argument de plus en faveur de mon opinion, et la recon-
naissance nationale les à déjà dédommagés de la perte
de leurs porte-feuilles.

Qu'on ne m'objecte pas l'ordonnnance du 5 septembre qui parut un moment foudroyer l'aristocratie.

Cet acte salutaire, n'appartient point à M. Decazes, l'o-
pinion publique en démontra la nécessité, et c'est à nous
seuls que nous en sommes redevables.

Ce que l'opinion a fait en 1816, elle peut le faire en
1820, et nous touchons certainement à la catastrophe
constitutionnelle.

II.

Écoutez, monsieur le marquis, ce que disait le poète
Saadi : « Ce n'est point la voix timide des ministres qui
« doit porter à l'oreille des rois les plaintes des mal-
« heureux : il faut que le cri des peuples puisse direc-
tement percer jusqu'au trône. » — Balivernes que tout
cela, M. Guillaume, balivernes ! Nos ministres, dont
dieu merci la voix n'est pas timide, ne sont point du
tout de l'avis de votre poète. Non-seulement ils ne se
croient aucunement dans l'obligation de faire connaître
aux rois les plaintes des peuples, mais ils pensent que
les peuples n'ont pas le droit de se plaindre, et que s'ils

s'oubliaient à ce point, de bons bâillons devraient faire raison de ces plaintes insolentes.

Je sais bien que nos libéraux prêchent, dans leurs feuilles pernicieuses, que le peuple doit s'instruire, qu'il doit défendre ses libertés, qu'on doit respecter la Charte..... et autres sottises pareilles ! On lui en donnera de l'instruction, des libertés, une Charte !... De bons frères ignorantins, morbleu, une bonne censure, de bonnes lettres de cachet, à la bonneheure : voilà ce qui lui convient, et voilà ce qu'il aura désormais, grâce au triomphe éclatant que viennent de remporter les amis du trône, de l'autel et des ministres.

Là-dessus, il s'engagea entre moi et monsieur le marquis, un dialogue fort animé où je défendis de mon mieux la liberté de la presse et la loi des élections contre les attaques d'un ennemi d'autant plus irrité, qu'elles lui avaient déjà coûté une magnifique recette générale et sa place de député. Je le quittai la tête remplie d'idées sinistres; une sorte d'engourdissement pesait sur tous mes membres. Je me jetai sur un lit de repos. Là, mon imagination parcourant les différentes époques où les peuples ont gémi sous une affreuse oppression, je me rappelai les malheurs enfantés par les règnes odieux de Tibère et de Domitien. Sous le premier, *on traitait de factieux jusqu'aux cris, jusqu'aux soupirs des infortunés qu'on opprimait.* « Sous le règne de Domi-« tien, les vertus étaient des arrêts de mort. Rome « n'était remplie que de délateurs; l'esclave était l'es-« pion de son maître, l'affranchi de son patron, l'ami « de son ami. Dans ce siècle de calamité, l'homme ver-« tueux ne conseillait pas le crime, mais il était forcé de « s'y prêter. Plus de courage eût été mis au rang des

« forfaits.... On vit des écrivains célèbres, tels que
« Pline, réduits à composer des ouvrages de gram-
« maire, parce que tout genre d'ouvrage plus élevé était
« suspect à la tyrannie et dangereux pour son auteur. »
A ces images affligeantes, un profond soupir s'échappa
de mon cœur oppressé, ma tête s'appesantit, et le
sommeil s'empara de mes sens.

Sous l'influence de ses pavots et d'un songe pénible,
j'entends frapper rudement à ma porte : j'ouvre ; quatre
gendarmes se précipitent dans mon appartement, me
saisissent ; l'un d'eux s'empare de mes papiers et de ma
valise, et l'on veut m'entraîner hors de ma demeure.
Je me récrie sur la violence de cette mesure ; je demande des explications ; — Suivez-nous, me répond une
voix terrible ; — mais, Messieurs, il existe des lois sous
la protection desquelles tout français se trouve placé ;
qu'ai-je fait, quel est mon crime? En vertu de quel
ordre venez-vous m'arrêter dans mon domicile? J'ai le
droit de le demander. Le voici, dit en murmurant l'un
des satellites de l'arbitraire. Je lis cet ordre revêtu de
trois signatures : il n'y est fait aucune mention du délit
dont on me soupçonne. Je prie les gendarmes de m'ap-
prendre les causes de mon arrestation. — La loi le défend ! — Permettez du moins que je fasse connaître à un
de mes amis, à quelqu'un enfin, l'événement dont je
suis la victime, afin qu'il en instruise ma famille. Pour
toute réponse, les gendarmes haussent les épaules, me
mettent les menottes, me conduisent jusques dans la
rue, me jettent dans un fiacre qui nous attendait, et se
placent à mes côtés.

Raisonner avec des subalternes, c'était perdre son
temps et s'exposer à des repliques désobligeantes. Je

garde le silence; les stores de la voiture sont baissés, et j'ignore où l'on me conduit. Bientôt on arrête dans une cour étroite; on me fait descendre, traverser plusieurs corridors obscurs, et je me vois plongé vivant dans une espèce de tombeau humide, où pénètre à peine un faible rayon de lumière. Au bout de deux heures, j'entends le bruit des clés et des verroux; ma porte s'ouvre. Un guichetier me demande si je veux un lit et des provisions de bouche. — Monsieur, apprenez-moi où je suis : ne puis-je faire tenir une lettre à ma famille? Sans répondre un mot à ces questions, le guichetier répète froidement celle qu'il vient de me faire. Quelques pièces d'argent se trouvant dans ma bourse, je paie d'avance les alimens grossiers et le chétif grabat qui me furent apportés dans la soirée. Il serait difficile de peindre ce qui se passait dans mon âme, et qu'elle nuit cruelle suivit le premier jour de ma détention.

Au bout de vingt-quatre heures d'angoisses je fus interrogé. Si les questions que l'on m'adressa me parurent extraordinaires, mes réponses ne durent pas l'être moins pour l'officier public. Fort de ma conscience, de ma qualité de citoyen, de la protection des lois, je parlai avec le respectueux courage de l'innocent qu'on opprime. Mais prévoyant, d'après la nature et la multiplicité des questions, que le secours d'un avocat me serait nécessaire, je demandai qu'il me fût permis de prendre un conseil. — La loi le défend. — Au moins, Monsieur, on me laissera la faculté de prévenir ma famille de mon arrestation ? — La loi le défend. — Quoi, mes parens, mes amis doivent ignorer mon sort! Mais, songez à la position de ma malheureuse femme, mère de cinq enfans. — — — — La loi le défend, vous dis-je. . . . Et je

fus ramené dans mon cachot. Les jours suivans, nou-
veaux interrogatoires. Vainement je renouvelai mes ins-
tances ; vainement je descendis jusqu'aux plus humbles
supplications : *La loi le défend*, fut toujours leur réponse ; et quelle loi, grand Dieu ! . . . Tourmenté par le
tableau déchirant d'une famille désespérée ; privé, par
le fatal *secret*, de toute comunication avec aucun
être sensible, manquant d'argent, et par conséquent
réduit à un morceau de pain noir, et à quelques verres
d'eau bourbeuse, je me sentis saisi d'une fièvre dévo-
rante. Bientôt la mort se présenta à ma pensée comme
le terme d'un si long supplice ; la mort ! . . . .
Et j'ignorais mon crime ! Je la sentais s'approcher....
Un poids énorme pesait sur ma poitrine haletante ; j'al-
lais expirer. La nature fait un dernier effort ; je veux re-
pousser le poids qui m'oppresse ; je me débats, je tombe,
et...... je m'éveille.

Ma surprise fut extrême : les couleurs qui avaient frappé
mon imagination étaient si vives, que j'avois peine à me
persuader que tant d'émotions fussent le résultat d'un
rêve. J'avais eu ce qu'on nomme vulgairement le *cauchemar* ; ma poitrine me faisait encore mal. Enfin cette
fois, du moins, j'en ai été quitte pour la peur Les lois
d'exception seules ne sont que trop réelles. Leur existence menace tous les individus du traitement épou-
vantable qu'un songe m'a fait éprouver ; et, malheureu-
sement hélas ! tous les Français que l'arbitraire choisira
pour victimes n'en seront pas quittes pour le cauchemar.

III.

Nous sommes dans les mains des ultras, et nous ne savons que trop bien à qui nous avons affaire; mais, dans la crainte que nous ne venions à l'oublier, et que, par suite, nous ne nous fassions illusion sur le sort qui nous est préparé, ces généreux ultras ne laissent échapper aucune occasion de se montrer dans tout leur nu.

Aujourd'hui, la *Quotidienne* fait remarquer à ses lecteurs *que les lettres qui arrivent d'Espagne, sont imbibées de vinaigre, comme si elles venaient d'un pays pestiféré.* Comprenez-vous? Un peuple qui a voulu une constitution, un roi qui a juré cette constitution sont autant de pestiférés; et la peste, c'est la constitution.

Voilà qui est fort ingénieux, et surtout fort délicat. Plus loin, la *Quotidienne*, en tranquillisant ses abonnés sur le bruit qui avait couru que l'empereur de Russie venait de faire complimenter Ferdinand VII, à l'occasion de l'établissement de la constitution, leur assure qu'*on ignore encore ce que les souverains de l'Europe décideront par rapport à l'Espagne.* Ainsi, il demeure prouvé, pour la *Quotidienne*, qu'un peuple d'accord avec son roi, ne saurait se gouverner qu'autant que cela convient aux autres rois; et que, par exemple, les Espagnols ne peuvent être libres, si les cosaques du Don n'y consentent.

Il y a un an que la *Quotidienne* aurait pu débiter toutes ces dégoûtantes absurdités, sans que cela eût la moindre importance; mais aujourd'hui il ne saurait en être ainsi. La *Quotidienne*, comme tous les autres journaux, est soumise à la censure; la censure représente l'opinion du ministère : or, quand la *Quotidienne* insulte à une nation, à son gouvernement, à son roi, le ministère devient responsable de l'insulte. Quand la *Quotidienne* compare à des pestiférés un peuple soumis à une constitution, cette opinion devient celle des ministres.

D'après cela, je le demande, que devons-nous attendre ?

IV.

Le bruit court que le gouvernement a ordonné la saisie d'un journal libéral, dont la publication remonte à quelques semaines avant l'établissement de la censure. Cette nouvelle a peut-être été répandue par des personnes que les actes du ministère irritent ou intimident, et qui sont portées à prendre leurs craintes pour des réalités ; mais si elle venait à se confirmer, il faut convenir qu'elle justifierait pleinement les prédictions des amis de la liberté.

On doit se rappeler, en effet, que lorsque les ministres demandèrent aux chambres la faculté de censurer les écrits périodiques, sous prétexte que les lois repressives des délits de la presse n'étaient ni assez précises, ni assez sévères, quelques hommes, fort-honnorables d'ailleurs, mais disposés à céder de leurs droits, par amour pour la paix, convinrent beaucoup trop légèrement, selon moi, de l'insuffisance de la législation sur la liberté de la presse, et proposèrent d'augmenter les peines et de classer les délits d'une manière plus rigoureuse qu'on ne l'avait fait précédemment.

D'autres hommes, au contraire, tout aussi amis de

l'ordre, mais plus sévères sur les principes, et moins faciles à ébranler, soutinrent imperturbablement que l'autorité possédait dans les lois actuelles tous les moyens dont elle avait besoin pour réprimer les délits de diffamation, d'attentat aux mœurs et de provocation à la révolte. Ils démontrèrent que le ministère, maître de l'accusation, du jugement, et de l'application de la peine, et ne rencontrant d'autre obstacle que sa propre volonté à l'accomplissement de ses désirs, ne devait s'en prendre qu'à l'insouciance de ses agens de l'inexécution des lois. Ils allèrent plus loin; ils soupçonnèrent les ministres de n'être pas toujours demeurés étrangers à certaines absolutions qu'ils ont appelées depuis *scandaleuses*, afin de se ménager un argument en faveur de la censure.

Persuadés à tort ou à raison, que telle était en effet la tactique du ministère, ces patriotes en conclurent avec une apparence de raison, que certains ministres ne se laisseraient pas attaquer impunément, et qu'après avoir patienté pendant quelques semaines, ils se vengeraient cruellement sur les écrivains dont ils auraient à se plaindre, lorsqu'ils auraient obtenu le pouvoir de le faire sans danger. Je ne prétends point décider si ces patriotes voyaient les choses telles qu'elles sont; je cite des faits; mais le ministère doit avouer que, s'il revenait aujourd'hui sur le passé, et ne se faisait pas scrupule de poursuivre des citoyens, pour des écrits certainement oubliés, et dont une persécution un peu éclatante ne pourrait qu'éveiller le souvenir et augmenter l'intérêt, il demeurerait prouvé, qu'il agit bien moins dans un but d'utilité publique que pour satisfaire ses passions.

V.

Le fait suivant prouvera combien la *loi de confiance* est propre à rassurer les citoyens, lorsque l'exécution en doit être nécessairement abandonnée, non pas à trois ministres, comme on nous le répète sans cesse, mais à MM. leurs agens, et quels agens !

Le 23 mars dernier, l'autorité fut avertie qu'il se fabriquait, dans Paris, sous ses yeux, une quantité immense de poignards; on en portait le nombre à 40,000 au moins. Il était clair, incontestable, que ces armes perfides étaient destinées à jouer un rôle important dans une grande *machination*. En conséquence, la police, avec son cortége obligé de gendarmes, se transporta en toute hâte chez le sieur ***, horloger-mécanicien, demeurant rue Saint-Dominique, près du Gros-Caillou; c'était le fabricateur des 40,000 poignards. L'horloger, conduit à la préfecture de police, fut longuement interrogé sur les circonstances d'une affaire, qui prommettait aux hommes monarchiques une *machination* des mieux conditionnée, et à MM. les *observateurs* de riches gratifications. Il résulta de l'interrogatoire du prévenu, que les poignards lui avaient été commandés par une dame D..., marchande quincaillière. Descente immédiate chez ladite marchande apparemment, certainement complice de la *machination*. Cette dame, d'ailleurs, demeurait à deux pas de la préfecture de police, ce qui donnait à son crime l'air d'une bravade.

La quincaillière déclara que les poignards qui faisaient l'objet de l'enquête étaient destinés pour un inconnu qui s'était présenté chez elle il y avait huit jours, et devait incessamment revenir les prendre; mais qu'il n'en avait commandé que trois ou quatre pour échantillon. En-tendez-vous bien, *pour échantillon !* Le traître appa-remment, certainement, devait faire fabriquer toute la pacotille dans quelque jacobinière isolée, sous les ordres d'un *comité directeur.* On aposta en conséquence un *observateur* chez la dame D... pour y attendre l'homme aux poignards. L'homme aux poignards revint au bout des huit jours ainsi qu'il l'avait promis, et l'on se saisit de sa personne, comme de l'un des premiers agens d'une immense conspiration. Le machinateur, pris comme un sot, fut fort interdit quand on le questionna sur ses pro-jets, ses complices et leurs moyens d'éxécution. Il ré-pondit, de l'air d'un coupable troublé par la peur, qu'il était de Saint-Ouen, et il disait vrai : qu'il y exploitait une manufacture; et il disait vrai : et que les 40,000 poi-gnards n'étaient autre chose que des fers pour ses mé-caniques; et il disait encore vrai.

Imprimerie de P.-F. DUPONT, hôtel des Fermes.

www.ingramcontent.com/pod-product-compliance
Lightning Source LLC
LaVergne TN
LVHW051150060726
842526LV00006B/2310